W9-BDP-447

| DATE DUE | | |
|---|---|---|
| | | |
| | | |
| | | |
| | | |
| | | |
| | | |
| | | |
| | | |
| | | |
| | | |
| | | |
| | | |

```
SP          BC 34880000461199
E           Jimenez,
Jim           Francisco
            Mariposa
  C₁l
```

```
Morrill E. S.
Chicago Public Schools
6011 S. Rockwell St. 60629
```

# La Mariposa

Francisco Jiménez

*Ilustrado por* Simón Silva

Houghton Mifflin Company

Boston

Text copyright © 1998 by Francisco Jiménez
Illustrations copyright © 1998 by Simón Silva
All rights reserved. For information about permission to reproduce
selections from this book, write to Permissions, Houghton Mifflin Company,
215 Park Avenue South, New York, New York 10003.

*Library of Congress Cataloging-in-Publication Data*
Jiménez, Francisco.
La mairposa / by Francisco Jiménez; illustrated by Simón Silva.
p. cm.
Summary: Because he can only speak Spanish, Francisco, son of a migrant
worker, has trouble when he begins first grade, but his fascination with the
caterpillar in the classroom helps him begin to fit in.
SP PAP ISBN 0-618-07036-2   ENG PAP ISBN  0-618-07317-5
SP RNF ISBN 0-395-91738-7   ENG RNF ISBN 0-395-81663-7
[1. Schools — Fiction.  2. Mexican Americans — Fiction.]
I. Silva, Simón, ill.  II. Title.
PZ7.J57525Lam  1998
[E] — dc20  96-27664  CIP  AC

Manufactured in the United States of America
BVG 10 9 8 7 6 5 4

*Para mis maestros, quienes con sus consejos y su fe*
*en mis habilidades me ayudaron a romper*
*el ciclo migratorio.*
—F. J.

*Para las personas que siempre recordaré, mis maestros:*
*sus palabras e inspiración continuarán teniendo un*
*impacto sobre mi vida.*
*¡Sí Se Puede!*
—S. S.

Francisco se levantó temprano el lunes por la mañana para alistarse. Rápidamente se puso el overol que no le gustaba porque le parecía que los tirantes lo hacían verse ridículo. Pero encontró la camisa de franela suave, a cuadros, que Mamá le había comprado en una tienda de segunda. Luego se puso su cachucha favorita.

—Quítatela en la clase —le recordó Roberto, su hermano mayor, quien había asistido a la escuela antes y sabía que era mala educación llevar cachucha en la clase.

—Gracias —le dijo Francisco, quitándosela. Pero después de desayunar y antes de salir, decidió ponérsela. Papá siempre usaba cachucha, y ¿cómo iba a sentirse completamente vestido para el primer grado sin ella? Recordaría quitársela en la clase.

—Adiós, Mamá —Francisco y Roberto dijeron al
salir a tomar el camión de la escuela.

—Adiós, hijos —ella contestó—. Que Dios los
bendiga. Papá ya había salido a desahijar lechuga,
el único trabajo que podía encontrar a fines de
enero. Mamá se quedaba en la casa para cuidar al
niñito, José, y para poner en orden su nuevo hogar
en Tent City.

Cuando el camión de la escuela llegó, Franciso se sentó cerca de la ventanilla al lado de su hermano para poder ver las hileras de lechugas y coliflores que pasaban zumbando. Los surcos le parecían gigantescas piernas que corrían a lo largo del camino. El camión hacía varias paradas para recoger a otros niños y, con cada parada, el ruido que hacían los niños se volvía cada vez más fuerte. Algunos niños gritaban. Francisco no entendía nada de lo que decían porque únicamente sabía hablar español, y todos ellos estaban hablando inglés. Le comenzó a doler la cabeza. Roberto tenía los ojos cerrados y fruncía el ceño. Francisco no lo molestó. Pensó que también le estaba dando un dolor de cabeza.

Cuando llegaron a la escuela, Roberto acompañó a Francisco a la oficina del director. El señor Sims, el director, era un hombre alto de pelo rojo quien escuchó pacientemente a Roberto.

—*My little brother* —dijo Roberto, usando el poco inglés que sabía—, *is* en primer grado.

El señor Sims acompañó a Francisco a la clase de primer grado, y tan pronto como vio las luces eléctricas brillantes, el piso lustroso de madera y el calentador en el rincón, a Francisco le gustó mucho la clase. No tenía ningún parecido a la carpa verde con piso de tierra donde vivía su familia.

El señor Sims presentó a Francisco a la maestra, la señorita Scalapino, quien sonrió repitiendo su nombre "Francisco". Fue la única palabra que entendió todo el tiempo que la maestra y el director hablaron. Lo repetían cada vez que lo miraban de reojo. Después de que el director se fue, la maestra le mostró a Francisco su pupitre que era el último de la fila más cercana a las ventanas. Todavía no había otros niños en la clase.

Francisco se sentó y pasó la mano sobre la superficie de madera de su pupitre. Estaba llena de rayaduras y manchas obscuras de tinta. Dentro del pupitre había una caja de crayones de colores, una regla amarilla, y un lápiz grueso. Bajo la ventana, al lado de su pupitre, vio una oruga en un frasco grande. Era de color verde amarillento con bandas negras. Se movía muy lentamente sin hacer ruido.

Francisco estaba a punto de meter la mano en el frasco y tocar a la oruga cuando la campana sonó. Los niños hicieron fila fuera de la clase, luego entraron silenciosamente y tomaron sus asientos. Algunos miraron a Francisco y se empezaron a reír. Lo hicieron sentirse nervioso. Volteó la cabeza y dirigió la mirada hacia la oruga que estaba en el frasco. Esto lo hacía cada vez que alguien lo miraba.

La señorita Scalapino comenzó a hablarle a la clase y Francisco no entendía ni una palabra de lo que decía. Mientras más hablaba, Francisco más deseaba estar en casa. Trataba de poner atención porque quería entender. Pero al fin del día se sentía muy cansado de escuchar a la señorita Scalapino porque los sonidos todavía no tenían ningún sentido para él. Le dio un fuerte dolor de cabeza y, esa noche, cuando se acostó, oía la voz de la maestra en su cabeza.

Día tras día Francisco trataba de escuchar, pero siempre se iba a casa con dolor de cabeza, hasta que aprendió una manera de escapar. Cuando le empezaba a doler la cabeza por tratar de entender a la maestra, dejaba volar su imaginación. Algunas veces se imaginaba volando fuera de la clase y sobre los campos donde trabajaba Papá.

—¡Hola, Papá! —decía, parándose cerca de él.
Pero Francisco se cuidaba de que la maestra no lo
descubriera pensando en volar. Seguía mirando a
la maestra y fingía que estaba escuchando. Papá le
había dicho que era una falta de respeto no poner
atención, especialmente a la gente mayor.

Pero cuando la maestra decía los nombres de los niños, Francisco escuchaba. Le gustaban los sonidos. "Molly" le sonaba a "mole" en español y "Pat" a "pato". El nombre que aprendió primero fue "Curtis" porque Curtis era el niño más grande y popular de la clase. Siempre era escogido capitán cuando los niños formaban equipos. Francisco era el más pequeño de la clase, y porque no sabía inglés, siempre lo escogían el último.

A Francisco le caía mejor Arthur. Arthur era uno de los niños que sabía un poco de español. Durante el recreo, jugaban en los columpios, y Francisco se imaginaba ser una estrella del cine mexicano, como Jorge Negrete o Pedro Infante, montado a caballo y cantando los corridos que escuchaba en el radio del carro. Le enseñaba las canciones a Arthur mientras se columpiaban cada vez más fuerte.

Pero cuando la señorita Scalapino los escuchaba hablar español, decía —¡NO! —con todo el cuerpo. Movía la cabeza de izquierda a derecha cientos de veces por segundo y su dedo índice se movía de un lado para otro tan rápido como un limpiaparabrisas. —*¡English! ¡English!* —repetía. Arthur evitaba a Francisco cuando ella estaba cerca.

De seguido durante el recreo, Francisco se quedaba con la oruga. Algunas veces era difícil de encontrarla porque se mezclaba con las hojas verdes y las ramitas. Todos los días, Francisco le llevaba hojas del pimentero que crecía en el patio de la escuela.

Sobre el armario, frente al frasco de la oruga, había un libro de fotografías de orugas y mariposas. Francisco se ponía a ver página por página cada una de las fotografías, pasando ligeramente los dedos sobre las orugas y las alas brillantes de las mariposas con sus diferentes diseños. El sabía que las orugas se convertían en mariposas porque Roberto se lo había dicho. Pero ¿cómo lo hacían? ¿Cuánto tiempo tomaban? Sabía que la información estaba debajo de cada fotografía en las letras grandes y negras. Trató de interpretar las letras mirando las fotografías. Lo hizo tantas veces que podía cerrar los ojos y ver las palabras. Pero aún no podía entender lo que decían.

Para cuando Papá empezó a pizcar zanahorias en marzo, el arte había llegado a ser el encanto de Francisco. Ya que él no entendía a la señorita Scalapino cuando ella explicaba las lecciones de arte, ella lo dejaba dibujar lo que él quisiera. Dibujaba todo tipo de animales, pero la mayoría era mariposas y pajaritos. Hacía un bosquejo y luego lo coloreaba usando todos los colores de su caja de crayones. Se convirtió en buen dibujante de mariposas; incluso la maestra pegó uno de sus dibujos en el pizarrón para que todos lo vieran. Después de dos semanas desapareció su dibujo y no supo cómo preguntar para saber dónde estaba.

Una mañana fría de un jueves, durante el recreo, Francisco era el único niño en el patio sin chaqueta. El director de la escuela debió haber notado que estaba temblando de frío porque aquella tarde, después de la escuela, lo llevó a su oficina donde tenía una caja de cartón llena de ropa usada. Sacó de ella una chaqueta verde, y se la dio para que se la probara. La chaqueta olía a galletas de vainilla y leche. Francisco se la puso pero le quedaba muy grande. Se la arremangó unas dos pulgadas para que le quedara. Se llevó la chaqueta a su casa y la presumió ante sus papás. Le gustaba porque era verde y ocultaba sus tirantes.

Al día siguiente Francisco llevó su nueva chaqueta a la escuela. Estaba en el patio esperando a que la primera campanada sonara, cuando vio a

Curtis dirigiéndose hacia él como un toro bravo. Curtis apuntó la cabeza directamente hacia Francisco, extendió los brazos hacia atrás con los puños cerrados, y corrió hacia él, gritando. Francisco no le entendía, pero sabía que se trataba de algo relacionado con la chaqueta porque Curtis comenzó a jalarla, tratando de quitársela. De repente, Francisco se encontró luchando con Curtis en el suelo. Los otros niños los rodeaban; los oía gritar el nombre de Curtis y algo más. Sabía que no iba a poder ganar; Curtis era mucho más grande y fuerte. Pero sujetaba tercamente su chaqueta. ¿Por qué iba a dejarlo que se la quitara? Curtis jaló una de las mangas tan fuerte que se rasgó del hombro; entonces la jaló del bolsillo derecho y lo rasgó también.

Entonces la cara de la señorita Scalapino se les apareció encima de ellos. Ella empujó a Curtis ¡y a Francisco lo sujetó tan fuerte de la parte de atrás del cuello que casi lo levantó del piso! El tuvo que hacer mucho esfuerzo para no llorar.

Más tarde, Arthur le dijo a Francisco, en español, que Curtis decía que la chaqueta era suya, que la había perdido a principios del año. También le dijo a Francisco que la maestra había decidido castigar a él y a Curtis. Tenían que quedarse sentados en la banca el resto de la semana durante el recreo.

El resto del día Francisco no pudo ni siquiera fingir que ponía atención. Recostó la cabeza en el pupitre y cerró los ojos. Aun ya ni podía imaginarse volando sobre los campos donde trabajaba Papá. La maestra lo llamó pero Francisco no contestó. Oyó que se acercaba hacia él. Ella lo movió suavemente por los hombros. Otra vez no respondió. La maestra debió haber pensado que se había dormido porque lo dejó, aun cuando era la hora del recreo y todos habían salido.

Cuando la clase quedó en silencio, Francisco abrió los ojos lentamente. Los había tenido cerrados tanto tiempo que la luz del sol que entraba por la ventana le parecía demasiado brillante. Se restregó los ojos con el dorso de la mano y luego buscó la oruga en el frasco. ¿Dónde estaría? ¿Estaría escondida? Metió la mano en el frasco y suavemente removió las hojas. Luego la vio. ¡La oruga se había vuelto un capullo! Se había pegado a una ramita, y ahora parecía un pequeño bulbo de algodón. Francisco la acarició suavemente con el dedo índice. Parecía estar tan tranquila.

A fines de ese día escolar, la señorita Scalapino le dio a Francisco una notita para entregársela a sus papás. Papá y Mamá no sabían leer, pero en cuanto vieron sus labios hinchados y su mejilla arañada, supieron lo que la notita decía. Cuando les dijo lo que había pasado, se molestaron mucho. Papá finalmente dijo: —Menos mal que no le faltaste el respeto a la maestra.

Francisco jamás volvió a ver la chaqueta. Se la devolvieron a Curtis, pero él no la usó porque en esos días empezaba a hacer calor. Francisco nunca hablaba con Curtis, pero poco a poco empezó a decirles algunas palabras en inglés como *thank you* y *okay* a Arthur y a otros niños y a veces a la maestra.

El miércoles 23 de mayo, unos días antes del final del año escolar, la señorita Scalapino pidió que todos se sentaran. Entonces Francisco no entendió nada más de lo que ella decía hasta que la oyó decir "Francisco" mientras ella sostenía un listón azul. Luego tomó de su escritorio el dibujo de la mariposa que había desaparecido del pizarrón varias semanas antes. Sosteniéndolo para que todos lo vieran, se encaminó hacia Francisco y le entregó el dibujo con el listón azul de seda que tenía el número 1 impreso en oro. ¡Qué sorpresa! ¡Había recibido el primer lugar por su dibujo! Estaba tan orgulloso que le dieron ganas de correr a casa para decirles a sus papás. Todos los otros niños, incluyendo Curtis, se apresuraron a ver el listón.

Esa tarde durante el tiempo libre, Francisco fue a ver la oruga. Giró el frasco tratando de ver el capullo. Luego quedó asombrado. ¡El capullo comenzaba a abrirse! —¡*Look, Look!* —gritó, apuntando hacia él. Como un enjambre de abejas, todos los niños se precipitaron al mostrador. La señorita Scalapino tomó el frasco y lo colocó en un pupitre en medio de la clase para que todos lo pudieran ver. En los próximos minutos todos se quedaron parados ahí mirando a la mariposa emerger lentamente de su capullo, como algo mágico.

Al fin del día, antes de la última campanada, la señorita Scalapino levantó el frasco y llevó a todos al patio. Colocó el frasco en el suelo y todos lo rodearon.

Francisco no podía ver sobre los otros niños,
por lo tanto la maestra lo llamó y le señaló para
que él abriera el frasco. Abriendo paso, se
arrodilló y lo destapó. La mariposa voló alegre-
mente, agitando sus alas anaranjadas y negras.

—¡Qué hermosa! —dijo Francisco, pero muy
suavemente para que nadie lo escuchara hablar
español.

Sin embargo, la señorita Scalapino debió
haberlo escuchado. —¡Qué hermosa! —repitió
ella, mirando a Francisco y sonriéndole—. *¡How
beautiful!*

Después de la escuela Francisco esperaba en fila la llegada del camión enfrente al patio. Llevaba el listón azul en la mano derecha y el dibujo en la izquierda. Arthur y Curtis se acercaron y se pararon detrás de él para esperar su camión. Curtis hizo una señal para que Francisco le mostrara el dibujo otra vez. Lo sostuvo para que lo pudiera ver.

—Realmente le gusta, Francisco —le dijo Arthur en español.

—¿Cómo se dice "es tuyo" en inglés? —le preguntó a Arthur.

—*It's yours* —le contestó Arthur.

—*It's yours* —repitió Francisco y le entregó el dibujo a Curtis.